AF142132

Lesly De Wit

Les Rois d'Osmium

© 2025 Lesly De Wit

Édition : BoD · Books on Demand, 31 avenue Saint-
Rémy, 57600 Forbach, bod@bod.fr
Impression : Libri Plureos GmbH, Friedensallee 273,
22763 Hamburg (Allemagne)
Impression à la demande

ISBN : 978-2-3225-7028-7
Dépôt légal : Juin 2025

Les Rois

d'Osmium

A tout mon écosystème : les comédiennes, ma famille, mes amis, ma lumière et mon monde…

Personnage et distribution de la première représentation

Appolon	Élise Guéry
Artémis	Lesly De Wit
Le Roi d'Osmium	Lyne De Wit
La Reine de Crystal	Garance Eymard
Charybde	Louisa Grazi
Hermès	Orlane Bunlon
La Garde	Lucie Chaillot
Le Conseiller	Lyne De Wit
Sinôn	Tess Mahé
Scylla	Lucie Chaillot
Le Capitaine	Louisa Grazi
L'Idylle	Voix de Garance Eymard et de Lyne De Wit

ACTE I

Scène 1 : *le palais du roi d'Osmium*
_ Hermès, La Garde

HERMÈS, *entre.*

Ouvrez la porte ! Ouvrez la porte ! Je suis un messager des terres de Crystal.

GARDE

Pauvre sot ! Vous vous trouvez au pied de la demeure du roi d'Osmium. Fuyez donc. Dans ma grande bonté j'oublierai votre passage. Et bien ? Pourquoi restez-vous planté là ? Ignorez-vous que les habitants de vos pitoyables terres sont ici traités en habitants des enfers ?

HERMÈS

Et vous, ignorez-vous que le but d'un messager est de porter un message. Ouvrez donc !

GARDE

Ainsi, vous vous obstinez à mourir.

HERMÈS

Qu'importe que je meure ici ou au sein d'un foyer qui ne m'appartiendra plus ? Mes jours sont comptés et c'est sous vos coups que je rendrai mon dernier soupir, puisque vos souverains sont résolus à envahir les miens !

GARDE

Quel mensonge allez-vous colporter là ? Nous les aidons face aux insurrections !

HERMÈS

Mais bien sûr ! Des insurrections ? Contre quoi je vous prie ? Non, nos terres vivent en paix. Du moins était-ce le cas avant que les incursions commencent. Voilà de quoi il s'agit ! Le roi de vos terres brûlées veut étendre le royaume d'Osmium à tout le continent. Ce n'est un secret pour personne.

GARDE, *menaçant le messager.*

Prenez garde à vos paroles ! J'ai voulu user de courtoisie à votre égard, et vous permettre de vous échapper, mais je suis et resterai toujours la loyale servante du royaume d'Osmium et de son roi. Ainsi c'est ma dernière offre, fuyez ou je vous ferai prisonnier.

HERMÈS

Faire prisonnier un messager ! Cependant, je ne suis pas surpris. Cela se saurait si les tyrans d'Osmium suivaient les règles.

GARDE, *l'attrapant violemment.*

Tyrans ? Ah, ma foi, vous ne survivrez pas longtemps aux cachots ! Pourvu que vous y preniez, du moins, conscience de vos erreurs.

HERMÈS

Je n'ai aucune erreur. J'ai un message.

GARDE

Malheureusement pour toi, le roi n'est pas homme à côtoyer les prisonniers.

<u>Scène 2</u> : *Le palais d'Osmium* _ *Appolon, Artémis, Le Roi*

Appolon et Artémis s'entraînent à l'épée, dans la cours du palais, se tournant autour.

APPOLON

Et bien ma sœur, tu ne te défends pas ?

ARTÉMIS

Inutile de me défendre, puisque tu ne m'attaques pas. Pas sérieusement du moins. Tes coups sont des cris dans le désert. Je les reçois, mais ne les sens pas.

APPOLON, *portant un coup.*

Tu ne m'en voudras donc pas de celui-là.

ARTÉMIS, *esquivant.*

Pas le moins du monde, Appolon. Tu devrais te mettre à la poésie comme ton homonyme, et laisser aux femmes le soin de se battre.

APPOLON, *dans un sourire.*

Et nous voilà repartis !

ARTÉMIS

Je n'en peux plus de voir l'air supérieur d'un certain nombre de poupées de testostérone. Je suis fatiguée. Fatiguée d'être prise dans leurs petites cases ! La plupart des souffrances des femmes ils ne les supporteraient pas, mais qu'à cela ne tienne : on nous écarte des combats ! Seulement voilà. Je ne resterai pas sur la touche pour faire le ménage ou enfanter le morveux d'un con patibulaire qu'on m'aurait imposé en mariage ! Je suis forte ! Et plus forte qu'un homme puisque ma force je ne la dois qu'à moi, et à moi seule. Mes efforts, ma souffrance, ma patience… voilà ce qui fait de moi leur supérieure.

APPOLON, *amusé.*

Leur ? Alors me voilà exclu de la catégorie ? Cela dit, il est vrai que nous nous sommes toujours entraînés ensemble, avons étudié, combattu ensemble, nous sommes taquinés, disputés, réconciliés… oh, seigneur ! Artémis, il me semble qu'un malheur est arrivé ! Nous sommes peut-être bien proche de la fusion !

ARTÉMIS, *riant.*

Ah ! Impossible Appolon, je te hais trop pour cela.

APPOLON

Et c'est réciproque !

LE ROI, *entrant.*

Ah ! que c'est beau la fraternité !

ARTÉMIS, *au garde à vous.*

Votre Majesté

APPOLON, *au garde à vous.*

Père.

LE ROI

Repos. Mes chers enfants, approchez. J'ai à vous parler d'une affaire sérieuse.

ARTÉMIS

Je ne veux pas vous importuner, Majesté. Permettez que je me retire, afin que vous puissiez vous entretenir avec votre fils. J'ai bien conscience que le nom de ma mère vous importune et importune votre épouse, la reine, mère d'Appolon. Je ne doute pas que les affaires du royaume soient trop importantes pour les confier à la fille d'une captive, telle que moi, quand bien même le roi fut son père. Et je ne m'en indigne pas outre mesure. Je me sais chanceuse de vivre à la cour en compagnie de mon frère, votre fils, et pour cela, de même que pour avoir contribuer à ma venue au monde, je vous suis reconnaissante.

LE ROI, *riant fort.*

Allons Artémis ! Ne nous joue pas ton

mélodrame. Veux-tu que je te batte encore ? Quel ennui ce serait pour moi ! Je risquerais de me lasser du délicieux spectacle des coups *(la jette à terre)*. Je comprends tes paroles, elles t'honorent. Cependant ce n'est pas du royaume que j'ai à vous parler. Pas uniquement. Pour cette discussion, qu'importe le sang de ta mère pourvu que coule dans tes veines un peu du mien. Ah ça ! Ce n'est pas un petit présent que je vous ai fait en vous donnant la vie.

ARTÉMIS

En ce cas, je vous remercie humblement, votre majesté.

LE ROI

C'est bien. Connaissez-vous la légende de la conquête des terres qui forment aujourd'hui notre beau royaume ?

APPOLON

N'est-ce pas le fait de notre vénérable ancêtre ?

LE ROI

Exact mon fils. Le roi *OSMIUM* premier du nom.

APPOLON

Osmium vous dites ? Comme le nom du
royaume ?

LE ROI, *déconcerté.*

Et bien… oui. Ce fut l'un des hommes les plus
mémorables que notre terre ait jamais porté. Il
n'avait ni père, ni mère. Créé par les dieux
pour soumettre les peuples barbares, pour n'en
faire qu'un peuple, uni, droit, fort. Un peuple
qui ferait trembler dans les repères des
rebelles. Un peuple que <u>nous</u> contrôlerions. Et
ce, par le biais d'une puissance héréditaire
unique.

APPOLON

Père, est-ce de cela que vous vouliez nous
entretenir ?

LE ROI

Tu as l'esprit vif mon garçon. Oui, il s'agit
bien de cela. L'osmium dont nous sommes fait
nous donne un pouvoir sur les simples mortels
de notre misérable peuple. Un pouvoir d'ordre
psychique qui nous confère le droit de régner.

ARTÉMIS, *murmurant.*
Vous contrôlez les actes du peuple.

LE ROI

Oh, non, je ne contrôle pas leurs actes. Je fais bien, bien mieux encore. Je leurs dicte leur conduite et jusqu'à leurs pensées et opinions. Je leur instille la peur de mon nom, le respect de mon sang, l'exécution de mes ordres, et, sans qu'ils s'en aperçoivent, ces milliers d'âmes ne sont plus que des marionnettes entre mes mains. Voilà ce qui fait ma légitimité de roi. Et la tienne Appolon.

APPOLON

Tout cela semble invraisemblable.

LE ROI

Et pourtant. Bientôt, toi aussi tu vivras avec ce doux refrain en arrière-plan de ton esprit. Toutes ses individualités si différentes, et pourtant elles partagent une même loyauté, une même ferveur. Toujours prêtes à s'effacer sous mon contrôle absolu. Personne ne sors du rang. L'ordre règne. Je règne. C'est grisant comme il est simple de supprimer leur capacité de penser à ces pauvres mortels.

APPOLON

Je suis navré père, mais ni moi, ni ma sœur n'avons jamais ressenti les effets d'un tel…

LE ROI

Foutaise ! Vous n'êtes encore que des enfants. Ton don n'atteindra sa pleine puissance qu'à ta majorité, d'ici quelques mois. Quant à ta sœur, nous verrons qu'en faire le moment venu. En attendant, il est de votre devoir de vous entraîner, tandis que je serai en campagne.

APPOLON

Comment père ? Vous partez ? Les terres de Crystal vous ont-elles déclaré la guerre ?

LE ROI

Eux ? Jamais. Pour une raison que je ne me représente pas, leurs esprits me sont inaccessibles à distance, cependant, mon armée disciplinée aurait tôt fait de les anéantir et ils le savent. C'est moi qui les attaque. Je vais enfin achever la tâche de notre ancêtre ! D'ici demain je marcherai sur leur pathétique monceau de terrains vagues et soumettrait ces brebis galeuses. Par la force ! Garde-le bien en mémoire Appolon. Même alors que ton ennemi s'est rendu, même alors que ses hommes gisent dans des mares de leur sang mêlé des pleurs de leurs enfants, même alors que les rescapés se jettent à tes pieds pour crier grâce, ne l'accorde jamais. Tue, torture à loisir, afflige les affligés, mais ne quitte jamais une zone de combat sans avoir tracé sur leur visage, en lettres de sang, l'effroi le plus total, le plus irrépressible qui soit. La vie est ainsi faite. Et la vie, c'est le roi ! Appolon, Artémis, suivez-moi !

Scène 3 : *Les geôles d'Osmium*
_ *Garde, Hermès, Scylla, Charybde, Roi, Appolon, Artémis*

HERMÈS

Monstres ! Vous n'êtes tous que des monstres pour soutenir encore l'ignoble monstruosité qui vous sert de roi ! Vous mériteriez que les dieux jettent sur vous leur courroux ! Que des nuées ininterrompues de sauterelles dévorent vos récoltes, que le bétail soit pris par la peste et que vous poussent des pustules sur tous le corps ! Qu'ils tuent tous vos premiers nés et qu'ils s'acharnent jusqu'à temps que vous détrôniez cette dynastie tyrannique ! Vous…

SCYLLA

As-tu fini ?

HERMÈS

Non, je n'ai pas fini ; je ne finirai jamais. Et toi, pourquoi te tais-tu ? Pourquoi ne te bats-tu pas pour ta liberté ?

SCYLLA

Entendez-le. Comme il est naïf encore. Quel est ton nom ?

HERMÈS

Je me nomme Hermès, messager de la reine de Crystal.

SCYLLA

Bien, Hermès. Je te comprends. Tu es indigné par la façon dont on te traite. Tu caches ta peur derrière ta colère et c'est pourquoi tu apostrophes vainement une garde qui ne t'entend pas. Dis-moi Hermès, qui ton comportement va le plus contrarier ? La garde postée là-bas, préoccupée par la nécessité de faire ses preuves dans un milieu qui ne lui laisse que peu de chance ? ou les malheureux qui partagent ton sort ?

HERMÈS

Et bien… Je suppose… Seulement, si cela pouvait tous nous sauver…

SCYLLA

Ah, l'espoir. Bel espoir, espoir putride ! Bah, garde-le ton cher espoir, il ne pourra pas te faire de mal. Nous verrons bien lorsque tu auras passé, comme moi, vingt ans dans cette cellule.

HERMÈS

Vingt ans… J'ignorais... Qui es-tu ?

SCYLLA

Je me nomme Scylla.

HERMÈS

Scylla… La sœur disparue de la reine de Crystal. Alors vous êtes vivante ! C'est merveilleux ! Altesse, pardonnez mon insolence, je ne vous avais pas reconnu. Nous

vous croyions morte... Scylla, son altesse
Scylla est en vie, elle est ici !

SCYLLA

Crie plus fort, ils ne t'ont pas bien compris au
dernier étage. Ce serait dommage que le roi
d'Osmium manque une telle occasion de me
torturer encore.

HERMÈS

Vous voulez dire qu'ils l'ignorent ?

SCYLLA

Et pourquoi le sauraient-ils ? Je ne le porte pas
écrit sur mon front. C'est bien heureux
d'ailleurs. Vois-tu où je me trouve ? Il m'a tout
de suite paru évident que j'avais intérêt à
cacher ma lignée. Le roi d'Osmium est cruel,
plus vite tu l'intégreras, mieux tu survivras.

HERMÈS

Je n'ai pas l'intention de me laisser abattre,
Altesse. Vous êtes vivante ! C'est bien plus
que nécessaire pour ranimer mon espoir.
Jamais votre peuple ne vous laissera tomber. Je
nous ferai évader ! Tant qu'il y aura une lueur
d'espoir je me battrai pour la liberté, je vous le
jure !

SCYLLA

Et c'est très noble de ta part. Oui, vraiment.
Reste fidèle à tes belles valeurs, et évade-toi si
tu en es capable, mais ne t'encombre pas d'une
cause perdue tel que moi. Non. Je ne te suivrai
pas. Je ne suis plus la jeune princesse qui
partait pour le royaume d'Osmium il y a vingt
ans. Je ne peux que te décevoir, l'entends-tu
Hermès ? Si un jour ma liberté m'était rendue
je n'aurais plus qu'à me tuer. Et oublie les
Altesses. Oublie-moi, simplement.

CHARYBDE, *entre.*

Mais ne serait-ce pas ma chère amie d'en bas ?
Toujours vêtue de ton habit de suie et de
détresse... Ne pourrai-je pas t'offrir un bain ?

SCYLLA

Et à quoi cela me servirait-il ? A ce que ton
mari, le roi, me viol encore. Tu m'excuseras
mais je préfère bien ma crasse à cette torture
des hommes.

CHARYBDE

Ils sont plutôt habiles à cela, mais c'est notre
devoir et dans notre intérêt que de nous y plier.

SCYLLA

Le votre peut-être <u>majesté</u>. Quant à moi je n'y tiens pas. Mais qu'est-ce qui t'amène en ces geôles ? Rien d'intéressant à la cour du roi ?

CHARYBDE

La cour est fidèle à elle-même : trépidante et lassante. On n'amuse pas si facilement une femme comme moi ! Quand à mon époux, il prépare sa guerre et me voilà à ses yeux comme changer en spectre. Quel manque de savoir être ! Oh, je me permets des folies en ta présence... Pour répondre à ta question, je l'ignore. Il faut croire que ta franchise me divertie davantage que mes bouffons.

SCYLLA

Une forme d'affection étrange nous lie. A moins que ce ne soit une affliction commune.

CHARYBDE, *s'adoucie.*

Tu dis vrai Scylla. Je suis trop bonne avec toi. Mais tais-toi !

LE ROI, *entrant suivit d'Appolon et Artémis.*

Charybde ? Si je m'attendais à te trouver ici. Que manigances-tu ?

HERMÈS, *chuchotant.*

On m'avait dit que le roi n'était pas homme à fréquenter les prisonniers.

SCYLLA

Il l'est un peu trop lorsqu'il abuse de vous. Mais tiens ta bouche close, idiot. Et pas un mot sur moi !

CHARYBDE

Je tourmentais tes prisonniers. Tu consacres tellement de ton temps à cette activité que j'ai voulu voir ce que cela faisait, cher époux. Je ne pensais pas non plus te trouver ici en compagnie de nos enfants.

LE ROI

Il est temps que la chair de ma chair essaie ses pouvoirs sur quelqu'un. Artémis, je veux que la femme dans cette cellule s'incline, Appolon tu feras de même avec l'homme. Ne me décevez pas !

SCYLLA

Artémis… ?!

Appolon et Artémis s'exécutent.

HERMÈS, *d'une voix robotique, envoûtée.*

Je vous suis dévoué, prince. J'exécuterai vos ordres. Vive le prince.

SCYLLA, *de la même façon.*

Je vous suis dévouée, princesse. J'exécuterai vos ordres. Vive la princesse.

LE ROI

C'était… correct. *(Se dirigeant vers la sortie)*

ARTÉMIS

Père… Pourriez-vous… Qui était cette femme ?

LE ROI

Ta mère. *(Il gifle l'air, Scylla tombe morte)*

Noir.

Scène 4 : *Le palais de Crystal*
_ *Reine de Crystal, Sinôn*

REINE DE CRYSTAL

Que je suis lasse ! Il me semble que le monde

entier se ligue contre moi, et le destin de mon royaume est scellé si je n'agis pas. Depuis les décennies, les siècles même, que dure cette lutte indirecte entre Osmium et Crystal, jamais la menace ne fut si tangible. Les Crystallites de l'intérieur des terres me reprochent de troubler leur relative paix ; ceux des frontières me pressent de repousser l'envahisseur. C'est l'Éternel combat impliquant ceux qui vivent et ceux qui meurent. Dans cette cohue, mon rôle de souveraine des terres de Crystal est de concilier les souhaits, les opinions, les envies des uns et des autres. Je suis sans cesse prise à partie et ne peux me tromper sans perdre le soutien de ma patrie. Ce que je ne peux risquer. Une reine sans sujet ni terre n'a pas plus de pouvoir que l'absurde cerceau qui lui tient lieu de couronne. *(courte pause)* Il y a deux jours, j'ai pris une décision que je ne peux me permettre de communiquer. J'ai sommé la directrice de mes services secrets d'envoyer une nouvelle recrue, porter un message aux rois d'Osmium. Un message de guerre. Tant que les hostilités ne seront pas ouvertement déclenchées, nous ne pourrons être unis. Mais sitôt que leur intégrité sera menacée, ceux qui vivent deviendront de ceux qui meurent et les Crystallites n'auront plus qu'un seul cœur. *(marque une pose, attristée)* Je ne me fais pas d'illusion quant au sort de mon messager. Je connais trop bien la cruauté des rois d'Osmium. La directrice des services secrets le lui aura…

SINÔN, *surgissant de nul part.*

Ma reine, pardonnez-moi.

REINE DE CRYSTAL

Quand on parle de la louve. Entrez Sinôn. A-t-on des nouvelles de votre jeune messager ?

SINÔN

Pas la moindre majesté. Il devrait pourtant être arrivé au palais d'Osmium.

REINE C

Je vois… Faites tout de même dire aux capitaines de déployer les armées. Et que l'on mobilise dans tout le pays. Nous ne resterons pas passifs à regarder les nôtres se faire massacrer.

Noir

Scène 5 : *Le palais d'Osmium _ Roi, Garde*

GARDE

Majesté, je vous en prie, s'il réside en vous une once de bienveillance, laissez-moi au moins défendre ma cause auprès de vous. Je ne serai pas longue et je ne vous demande rien d'autre qu'une minute de votre précieux temps, seulement une chance de faire mes preuves au combat !

LE ROI

Et je vous la refuse. J'ai décidé que vous et les autres gardes de votre sexe resteraient protéger la reine Charybde et mes enfants. *(usant de son don)* N'ai-ce pas assez clair ?

GARDE, *d'une voix robotique, envoûtée.*

Si, mon roi. Je vous suis dévouée. J'exécuterai vos ordres. Vive le roi.

LE ROI

Bon soldat. Ah, qu'elles sont douces ces étincelles de toute-puissance qui s'embrasent autour de moi ! La force qui court dans mes veines m'aveugle. Je ne vois plus que les esprits que je soumets, les êtres tributaires de ma force. Il me semble que je peux tout réaliser. Rien ne m'échappe. Je contrôle. Je suis un roi ! Je suis un dieu ! Ma volonté fait loi par toute la terre. Je suis le pouvoir lui-même ! *(Il sort)*

GARDE *recouvrant soudain ses esprits*

Malheur. Le malheur est sur moi. Tant d'années. Tant de luttes pour en arriver là. Aussi forte que les autres, pourtant le roi m'interdit de me joindre au combat. Je le sais pourtant que la reine et l'héritier méritent une protection de qualité. De même que je sais jusque dans les tréfonds de mes entrailles que le roi a raison. Le roi a toujours raison, il est juste et droit. Je le sais pourtant. Par exemple… Oh, je ne saurais donner d'exemple. Seulement j'en ai la certitude ancrée au plus profond de mon être.

Noir

ACTE II

Scène 1 : *Le palais de Crystal*
_ *Capitaine, Reine de Crystal, Sinôn*

CAPITAINE

Les troupes avancent courageusement, mais la présence du roi ennemi a porté un coup non négligeable à leur moral. Nos hommes sont las, et leur espoir faiblit. Nous effectuons des rotations pour éviter que le roi ne prenne tout à fait le contrôle de leurs esprits, mais nous essuyons des pertes, Majesté. Dans ces conditions, je crains que la guerre ne puisse s'éterniser.

REINE DE CRYSTAL

Capitaine, vous qui côtoyez les braves qui nous défendent, que pensez-vous qu'il leur faille pour triompher ?

CAPITAINE

En toute honnêteté ? Un miracle. Ma reine, à moins d'un miracle, je crains qu'il en soit fini de nous. Vous auriez beau mobiliser tous les jeunes des terres de Crystal, leurs confier des armes en des quantités que nous ne pouvons nous permettre, nous n'aurions pas nos chances. L'armée du roi d'Osmium est bien entraînée, nombreuse, unie, et elle a un atout, ma reine : c'est son roi. Il leur procure la cohésion par son ignoble pouvoir. Les précautions que nous devons observer pour nous soustraire à ses attaques mentales entravent nos manœuvres. Les casques spéciaux dont vous avez eu la clairvoyance de nous équiper n'ont pas encore fait preuve d'une efficacité totale. Régulièrement, de jeunes soldats sont assaillis par le roi d'Osmium et se retournent contre nous. Majesté, si nous ne trouvons pas bientôt le moyen d'éliminer le tyran, je ne donne pas deux semaines aux troupes pour faiblir et se rendre.

SINÔN, *entre.*

Ma reine, j'ai à vous parler urgemment, si vous le permettez !

REINE DE CRYSTAL
Exprimez-vous Sinôn, mais soyez brève.

D'autres soucis se heurtent à ma volonté et la guerre a achevé d'anéantir mes nuits.

SINÔN, *regardant le capitaine.*

C'est qu'il s'agit d'informations sensibles.

REINE DE CRYSTAL, *d'un signe de la tête elle congédie le capitaine.*

Allons Sinôn, parlez, je vous écoute.

SINÔN

Tout de suite, ma reine. Nous avons trouvé un moyen de supprimer le pouvoir du roi.

REINE DE CRYSTAL, *contrôlant sa joie.*

Comment avez-vous réaliser cet exploit ? Expliquez-vous.

SINÔN

Avant d'être un royaume, l'Osmium est un métal qui, à son état pur, est toxique pour l'Homme. C'est de lui que le roi tire son contrôle corrosif. Mais sous forme de cristaux, l'osmium devient inoffensif ! D'après nos tests, la proximité de ce métal cristallisé retirera ses pouvoirs au roi et nous pourrons l'achever.

REINE DE CRYSTAL

Excellent. Cette découverte restera dans les annales. Je vous félicite. *(courte pause)* Maintenant, dites-moi Sinôn, n'aurait-on pas reçu le moindre message ?

SINÔN

Hermès, votre messager en Osmium n'a encore rien envoyé. S'il n'est pas mort, c'est qu'il est prisonnier. Mais nous restons à l'affût.

REINE DE CRYSTAL

Assurément. Et concernant votre enquête... sur ma sœur ?

SINÔN

Toujours aucune nouvelle, j'en ai peur. *(s'approche de la reine attristé)* Avec tout le respect que je vous dois, majesté, ce pourrait être différent cette fois. Vous saviez comme elle, en l'envoyant là-bas, quels risques il y avait. Vous ne pouvez pas ignorer la possibilité qu'ils se soient concrétisés. Oserais-je vous rappeler que vous avez, vous-même, fait croire sa mort au peuple, peu après son départ ?

REINE DE CRYSTAL

Et je n'ai pas à m'en justifier auprès de vous !

Les choses ne se sont certes pas déroulées comme nous l'entendions, et croyez bien que je m'en désole, mais il n'est rien que j'y puisse faire.

SINÔN

Majesté...

REINE DE CRYSTAL, *abruptement.*

Pourquoi ne mettriez-vous pas votre fascinante découverte en action ?

SINÔN, *dans une révérence.*

Naturellement, ma reine. J'y vais de ce pas.
(Elle sort)

REINE DE CRYSTAL

Voilà qui est merveilleux. Un moyen d'abattre le roi. Protéger mon peuple, conquérir le sien. Finalement, peut-être bien que ce sera moi, la reine absolue ici-bas.

Noir

Scène 2 : *Le palais d'Osmium*
_ Conseiller, Charybde, Appolon

CONSEILLER

De plus ma hanche me fait terriblement souffrir, et j'ai peur de périr si je ne consulte au plus tôt. Sans même vous parler de la toux qui m'a prise au réveil. J'aurai de la chance si l'on ne me découvre pas un mal des plus mortel. Entendez comme je m'exprime. On croirait ouïr un fossé ! Et que de souffrances ! Que de périls ! Toutes mes articulations semblent se disloquer dans ma vieille chair fragile. Ah, je n'ose imaginer de quel terrible mal c'est le symptôme.

CHARYBDE, *pour elle-même, exaspérée.*

Rien que de la vieillesse certainement.

CONSEILLER

Je vous dis cela car j'ai évidemment dû me plier aux caprices de mes os, et prendre rendez-vous chez un docteur, au plus tôt. Il nous faudra donc avancer le conseil, ma reine, si vous le permettez.

CHARYBDE, *pour elle-même.*

Il ne me semble pas que je puisse lui faire entendre raison. Son âge est plus habile à exagérer ses douleurs qu'à écouter. Laissons. *(au conseiller)* Soit. Allez donc m'attendre, je dois m'entretenir avec mon fils qui vient.

APPOLON, *entrant.*

Comment te portes-tu, mère ?

CHARYBDE

Ma foi, pas plus mal qu'hier. La charge de la régence est lourde, mais elle ne m'est pas insupportable et j'y ai même trouvé le temps de penser.

APPOLON

Moi aussi, mère, j'ai eu tout le temps de penser depuis que père est parti en guerre. Te souviens-tu de ce jour où nous sommes descendus au cachot essayer nos forces contre… Lorsque père a tué cette femme…

CHARYBDE, *s'assombrissant.*

Scylla ? Oui je m'en souviens. Sans dénigrer le moins du monde mon époux, il me semble que cette violence avait quelque chose de disproportionnée, et naturellement d'inadaptée. Tuer passe encore. Mais devant des femmes... C'était malaisant de sa part. Outre cela…

APPOLON

Qui a-t-il, mère ? Je te trouve bien triste d'un coup. Comment connaissais-tu cette femme ?

CHARYBDE

Ton père l'a engrossé alors même que je te portais en mon ventre. N'est-il pas tout naturel que je la connaisse ? Alors oui, je me suis introduite dans les geôles, pleine de la fureur de mes cornes exposées ; je m'attendais à la haïr comme elle me haïrait. Hum... Elle ne haïssait que ton père… Et quel orgueil y a-t-il à maudire une femme brisée qui n'éprouve pour vous que de la pitié ? De la pitié… je ne pouvais le lui permettre ! Je suis reine après tout. Aussi l'ai-je rejointe, et ai-je effacé cette air indigne ! Puis, j'ai finit par m'attacher à elle. C'est qu'elle était assez remarquable… Mais j'imagine que tu n'es pas venu m'écouter déblatérer. Dis-moi ce qui te préoccupe, mon fils. Pourquoi me parlais-tu d'elle ?

APPOLON

Et bien, je m'interroge mère. La façon dont il

l'a achevé… Mère, le don de père est-il juste ?
Est-ce vraiment profitable au royaume ?

CHARYBDE

Regarde autour de toi, Appolon. Que vois-tu ?

APPOLON

Une bibliothèque, mère.

CHARYBDE

Étend ta vue, mon garçon. Ne t'arrête pas à ce
que tu as sous les yeux. Vois les collines
d'herbe sombre, le doux ciel nuageux
d'automne, la lente marche du soleil à travers
les rares éclaircies. C'est là la beauté de la vie.
Observe les gens à présent. Comment te
semblent-ils ?

APPOLON

Manipulés.

CHARYBDE

Certes. Comme moi, comme toi aussi.
Réfléchis. L'éducation, l'amour, ne sont-ils pas
une forme de manipulation ? La liberté n'est-
elle pas finalement le plus grand mensonge de
l'humanité ? Nous sommes tous manipulés,
Appolon, si ce n'est par les autres, du moins

par nous-même. Maintenant, dis-moi, le peuple est-il malheureux ? Te semble-t-il affligé, harassé, miséreux ? Se plaint-il des lois et des vœux creux ? Rêve-t-il d'un monde meilleur, plus doux, plus beau, plus paisible ? Crie-t-il à l'injustice dans les plaines ou dans les villes ? Philosophe-t-il rageusement dans les tours, les chaumières ou les cases ? Sue-t-il à grosses gouttes avec peine, ou entrain ?

APPOLON

Je n'en sais rien.

CHARYBDE

Bien sûr que si, tu le sais. Le peuple d'Osmium ne se plaint jamais, ne rêve ni ne philosophe jamais. Il exécute sans broncher les ordres d'un souverains dont il chante les louanges chaque matin. C'est bien qu'il est heureux et qu'il se satisfait de son sort. Si un jour, le peuple se met à rêver, s'il se met à réfléchir aux questions de l'existence, tu pourras t'interroger à nouveau. Mais tant que la perfection les en dispense, il n'y a pas à douter.

APPOLON

Pourtant les habitants des terres de Crystal
nous haïssent.

CHARYBDE

Encore une fois, mon fils, regarde-les.
Regarde-les attentivement. Les Crystallites se
plaignent. Que t'ai-je dit sur la plainte du
peuple ? La frustration d'un monde imparfait
les pousse à s'en prendre à ceux qui ont mieux
réussi qu'eux : nous. Ne prend pas garde à
leurs paroles. Ton don est ce qu'il est : un don.
Excuse-moi, il faut que je rejoigne cet
imbécile de conseiller royal, nous en
reparlerons.

APPOLON

Mère. Lorsque tu en auras fini avec lui,
j'aimerais apprendre son avis sur la question.

CHARYBDE

Soit. Je te l'enverrai. Puisqu'il le faut. *(elle
sort)*

Scène 3 : *Le palais d'Osmium* _ *Appolon, Artémis*

Artémis entre en furie, elle ignore son frère qui la suit.

APPOLON

Artémis ? Artémis… Artémis ! Allons, ne me fais pas la tête, on dirait une enfant. Je t'en prie répond-moi.

ARTÉMIS

Je n'en ai aucune envie.

APPOLON

Enfin, ma sœur, ne me fuis pas ainsi. M'en veux-tu toujours ?

ARTÉMIS

Selon toi, puisque je te fuis ?

APPOLON

Mais enfin laisse-moi t'expliquer. Ecoute-moi, ne serait-ce qu'une minute. Ce que tu peux être entêtée ! J'essaie de te dire que je suis désolé.

ARTÉMIS

Grand bien te fasse. Pour ma part je ne suis pas prête d'oublier que tu doutes encore que ce pouvoir soit damné.

APPOLON

Ce n'est pas que j'en doute. Je tiens à me forger ma propre opinion. Il me semble que c'est tout à fait légitime.

ARTÉMIS

Pourquoi, alors qu'il semble clair que ce que tu appelles un don n'est qu'une vile malédiction ?

APPOLON

Artémis, essaie de me comprendre. Observe un instant les choses avec les mêmes yeux que moi. Notre père est peut-être cruel, pourtant c'est un bon roi. Et il ne me semble pas que cette force en moi soit tout à fait mauvaise. Elle me semble attirante, chatoyante et pure, au contraire. Ma mère est de cette avis. Le peuple vit bien, d'ailleurs, et la justice règne.

ARTÉMIS

C'est encore à prouver. Et je doute des capacités de notre père à maintenir la justice.

Tu es peut-être le fils prodigue, pour ma part, je suis le fruit d'un viol et une bâtarde. Alors oui, ce pouvoir présente bien. Il a de belles couleurs, une douce chaleur, et semble enclin à procurer la joie. Mais je ne m'y trompe pas. Ce n'est qu'une jolie façade pour cacher sa monstruosité. Père m'a forcée à l'utiliser sur ma mère, et ensuite il l'a tuée ! Il a tué ma mère sous mes yeux, par tous les dieux ! Et je ne me sens pas du tout bien. Je me sens coupable. Les voilà tes couleurs ! Ce sont celles de mes larmes.

APPOLON

Artémis… Je suis désolé. Je ne voulais pas te blesser. Je t'en prie, ne pleure pas.

ARTÉMIS

Ce n'est pas toi qui me blesse, Appolon, c'est la situation. Personne ne veut de moi ici, et tu es le seul à te soucier un tant soit peu de ma peine. Mon cœur se déchire, et je ne parviens pas à endiguer l'hémorragie. Je me meurs, mon âme se flétrie, tiraillée entre les innommables liens du sang, les valeurs morales et les regards désapprobateurs. Tant de regards… J'en est une pièce toute remplie dans mon cœur qui déborde et m'étouffe.

APPOLON

Artémis, je ne sais pas quoi te dire. Il m'est malheureusement impossible de soigner tes plaies. C'est un travail dont tu devras t'acquitter seule. Mais je peux te tenir la main.

ARTÉMIS

En voilà de belles paroles, mon frère, mais pourras-tu seulement t'y tenir. Les actions sont aux mots ce que l'océan est au ruisseau. S'il est simple de dire de belles choses, il est autrement plus ardu de faire ce que l'on dit.

APPOLON

Comme tes pensées sont noires, ma sœur. Allons, sèche tes larmes. Tu ne réussiras à rien en ruminant ici les sombres mal-être de ton âme.

ARTÉMIS

Que veux-tu que je fasse ? Je n'ai pas ta liberté.

APPOLON

Ce que tu voudras. Une nouvelle parade d'épée, un traité de physique… Pour peu que tu y retrouves un but. Pourquoi ne m'aiderais-tu pas, à déterminer la légitimité de notre lignée et l'éthique de notre pouvoir ?

ARTÉMIS

D'accord. Je ne vais tout de même pas te laisser seul. Cependant, lorsque tu auras compris ce que je sais depuis le début, tu me devras une faveur.

APPOLON

N'y compte pas, ou je me débrouillerai sans toi.

ARTÉMIS

C'est cela. Je te donne une journée avant de revenir vers moi la queue entre les pattes après avoir commis la sottise d'offenser la mauvaise personne.

APPOLON

Tu oublies que je suis l'héritier du trône. C'est plutôt moi que l'on ne devrais pas offenser.

Scène 4 : *Le palais d'Osmium*
_ Appolon, Artémis, Conseiller

CONSEILLER, *entrant.*

Altesse, vous m'avez fait demandé ?

ARTÉMIS

Mais ne serait-ce pas le conseiller du roi ?

APPOLON

Si ma sœur. Père l'a enjoint à conseiller ma mère dans sa régence, tandis qu'il se bat contre les terres de Crystal.

ARTÉMIS

Voilà qui lui ressemble bien. Refuser le pouvoir à celui qui sait pour le confier à celle qui ne sais pas et reste donc dépendante du premier. J'y reconnais la marque de sa paranoïa.

APPOLON, *au conseiller.*

Ah ! Vous voilà déjà, mon bon conseiller royal. Le conseil des ministres n'a pas été bien long.

CONSEILLER

Et pourtant, Altesse, il était plus dense qu'à l'ordinaire. Quoiqu'on n'ait pas à se plaindre de la charge de travail. Notre tâche quotidienne, réglée en peu d'heures, aurait pourtant pu s'éterniser bien des jours si l'entente n'avait régné sur le conseil. A vrai dire, nous nous passons presque de délibération. C'est bien inutile lorsque chacun partage l'avis de son voisin.

ARTÉMIS

Des ministres en accord entre eux et avec le roi… Voilà qui est fort étonnant. N'est-ce pas, mon frère ? Mais dites-nous monsieur le conseiller royal, comment peut-il y avoir si peu d'affaires alors que le roi est parti livrer bataille ? Ne devriez-vous pas plutôt crouler sous le labeur ?

CONSEILLER

Je ne peux rien vous dire de ce que l'on devrait être, mais je puis vous informer sur ce qui est. Or, il est peu de travail pour les puissants, en Osmium

APPOLON

Aucune problématique ne mérite donc d'être observée par le conseil ?

CONSEILLER

Et bien, le Roi nous somme quelques fois de travailler sur une réduction des programmes scolaires ou une augmentation de la taxe sur le papier ou sur le blé.

APPOLON

Soit. J'avais une interrogation à vous soumettre, monsieur le conseiller royal. Dans la discrétion vis-à-vis de mon père. Comprenez-vous ?

CONSEILLER

Parlez, Altesse. Je ferai de mon mieux pour que cela reste entre nous.

APPOLON

Que pensez-vous du pouvoir du roi ?

CONSEILLER

Je le respecte plus que tout. Il est mon Roi et je lui dois fidélité de même que chacun de ses sujets. Je ne vois rien à contester, et ne me le permettrais pas outre mesure. Il nous gouverne, et toute personne remplissant ce noble office méritent le respect illimité de son peuple. Il est le Roi. Les dieux en ont décidé ainsi et je salue leur clairvoyance.

ARTÉMIS, *surprise.*

Oh !

APPOLON

Que pensez-vous exactement être le pouvoir du roi ?

CONSEILLER

Son pouvoir, il n'y en a pas quarante-six. C'est son titre et sa couronne.

ARTÉMIS, *riant.*

Mais bien sûr. Laisse mon frère, je m'en occupe. Monsieur le conseiller, trouvez-vous que l'influence du… pardon, la soumission du peuple soit excessive ? Mauvaise ?

CONSEILLER

Pas le moins du monde.

ARTÉMIS

Vraiment ?

CONSEILLER

A quoi croyez-vous que soit dû le faible taux de criminalité ? De procès ? C'est grâce au charisme du Roi que nous vivons paisiblement et sereinement. C'est grâce à cela que l'on s'endort l'esprit tranquille. N'est-ce pas merveilleux ! S'il avait moins « d'influence » comme vous dites, les rues seraient bien moins sûres, les gens vivraient dans l'incertitude et la confiance s'étiolerait. J'imagine à peine si, à mes soucis de santé, devaient s'ajouter des tracas de sécurité ! Oh ! Voilà que la migraine me monte. Par tous les dieux, je dois vraiment me rendre chez le docteur.

ARTÉMIS

Absolument, oui. Allez-y. Je vous remercie, monsieur. Vous nous avez… beaucoup aidé.

CONSEILLER

Ce fut avec plaisir. *(se tourne vers Appolon)* Permettez que je me retire, Altesse.

APPOLON

Allez. *(il sort)* Et bien Artémis. Il me semble que personne n'a encore accrédité ta thèse.

Comment ce pouvoir peut-il être mauvais si tout le monde l'apprécie ?

ARTÉMIS

Voyons mon frère, c'est absurde. Cet homme ne savais même pas de quoi il parlait. Le charisme du roi ? Soyons sérieux cinq minutes. Sa parole ne signifie rien. Et d'ailleurs, le peuple étant lui-même sous le contrôle de notre père, il ne pourra être objectif.

APPOLON

Tu n'as pas tout à fait tort. Mère m'a conseillé d'observer les Crystallites. Peut-être trouverons-nous de plus amples réponses auprès d'eux. Retournons au cachot.

ARTÉMIS

Pour une fois que ta mère dit quelque chose de sensé… (*Ils sortent*).

Noir

Scène 5 : *Le palais de Crystal*
_ *Sinôn, Reine de Crystal, (Hermès)*

SINÔN, *d'un pas précipité.*

Majesté ! Nous venons de trouver une missive
d'Hermès. J'ai pensé que vous voudriez la lire
par vous-même.

REINE DE CRYSTAL

Merci. « Madame la directrice Sinôn, je suis
au regret de vous annoncer que j'ai
malheureusement échoué à ma mission. Je
n'avais pas posé un pied dans l'enceinte du
château que l'on me guidait au cachot. Mon
message n'a pu être remis, j'en suis désolé.
J'ai cependant fait une découverte qui pourrait
vous intéresser. La princesse Scylla subsistait,
depuis vingt ans, dans une cellule. Elle a
enfanté, bien malgré elle, une fille au roi
d'Osmium. Une fière tigresse du nom
d'Artémis. Je l'ai vu moi-même. Elle possède
le pouvoir de son père et, je pense, la
conscience de sa mère. C'est devant ses yeux
et les miens que le monstre a ôté la vie à son
Altesse Scylla. » *(lâchant la lettre dévastée)*
Par tous les dieux…

SINÔN, *lui posant la main sur l'épaule pour la soutenir.*

Toutes mes condoléances, majesté. C'est la nation entière qui entrerait en deuil si elle ne l'était déjà.

REINE DE CRYSTAL, *se reprenant.*

Au contraire Sinôn. Repoussons notre deuil, contrôlons notre peine. La guerre ne tolère aucun de ces écueils. Nous pleurerons ma sœur plus tard ou ne la pleurerons pas.

SINÔN

Et que ferons-nous de votre nièce ?

REINE DE CRYSTAL, *déconcertée.*

Quelle nièce ?

SINÔN

Cette fille que votre sœur a eu. Et pour le messager ? Laisserez-vous deux des nôtres, dont l'une de votre sang, entre les griffes d'un tyran ? Imaginez qu'elle revendique votre trône ? Laisserez-vous le fruit de l'éducation du monstre à la tête du royaume ?

REINE DE CRYSTAL

Non, il est vrai. Sinôn, montez une opération.

Je la veux discrète et foudroyante. Qu'on me les ramène ici au plus vite.

Noir

Scène 6 : *Les geôles d'Osmium* _ *Appolon, Artémis, Garde, Hermès*

Appolon et Artémis entrent.

GARDE, *au garde à vous.*

Altesses.

APPOLON

Ne vous dérangez pas pour nous brave soldate.

GARDE, *surprise.*

Vous êtes trop bons, altesses. *(incertaine)* Oserais-je vous poser une question ?

APPOLON

Posez ce que vous voudrez. Vos armes entre autres. Mais allez-y sans détour.

GARDE

C'est que je m'interroge altesses… Il est impromptu de vous voir aux oubliettes.

APPOLON, *amusé.*

Ce n'est pas une question, ce me semble. Ne vous apprend-on pas la rigueur dans votre profession ?

ARTÉMIS

Appolon, ne l'importune donc pas. Vois-tu comme tu la gènes. Elle ne comprend pas ton humour.

GARDE

Je dois bien admettre la véracité de vos propos. Il me semble que ma mère a échoué à me doter de cette faculté.

ARTÉMIS

Ne flagellez pas votre mère ainsi. C'est la sienne qui n'a pas su lui transmettre un sens de l'humour correct. Pour ma part, je l'ai toujours connu et ne le comprends toujours pas.

GARDE, *décontenancée.*

Je… Pardonnez-moi, altesses.

APPOLON

Es-tu bien sûr que ce soit moi qui l'importune,
ma sœur ?

ARTÉMIS

Absolument, mon frère, qui d'autre ? Alors
garde, comment se déroule votre journée ?

GARDE

Calmement, altesses. Comme une journée
passée à surveiller des cachots.

APPOLON

Ennuyeux, donc.

GARDE

J'en conviens.

APPOLON

Mais non, ne convenez de rien. Dites
simplement ! Dites ce que vous pensez !

GARDE, *incertaine.*

A votre service, Altesses ?

ARTÉMIS, *à Appolon.*

Laisse. Cette pauvre femme est complètement

embrigadée. C'est injuste de notre part de l'embêter ainsi.

HERMÈS, *dans un cachot.*

Inhumains ! Tous autant que vous êtes ! Par quel prodige la honte ne vous dévore-t-elle pas ? Et vous, là-bas. M'entendez-vous qui que vous soyez ? Et bien ! Je vous raille. Venez donc m'abattre si vous l'osez !

ARTÉMIS, *s'approchant avec Appolon.*

Calme les ardeurs de ta langue, prisonnier ou je pourrais bien réaliser ton souhait.

HERMÈS

Ma foi, je vous reconnais. Vous êtes les enfants du roi, venus il y a peu, pour achever cette noble Scylla !

ARTÉMIS, *dans un mouvement de recul.*

Non…

APPOLON, *se positionnant devant sa sœur dans une attitude protectrice.*

Ce n'est pas ce qu'il s'est passé.

HERMÈS

Et c'est pourquoi vous avez essayé sur nous vos ignobles pouvoirs, je suppose.

ARTÉMIS, *déglutissant.*

Je… Justement, nous aimerions connaître votre point de vue concernant ce sujet.

HERMÈS

C'est une blague ? Ça vous amuse n'est-ce pas ? Monstres ! Vous ne valez guère mieux que votre père ! Me demander à moi… De quoi s'agit-il ? Si je l'approuve vous me laisserez la vie, c'est cela ? Car je ne compte pas…

ARTÉMIS

Nous souhaitons connaître votre opinion en toute sincérité.

HERMÈS

Oh ? Et bien, ce n'est pas compliqué. Ce don est une engeance du mal, incarné en votre chair pour mieux contraindre les peuples fidèles au bien et aux dieux. Ce pouvoir c'est la malédiction des honnêtes gens, telle la noire tentacule d'un démon de cauchemar.

APPOLON

Mais cela soutient l'ordre dans le royaume.

HERMÈS

L'ordre, l'ordre, l'ordre ! Ce que je me fiche de l'ordre. Qu'il aille au diable votre maudit ordre ! Et qu'aille au diable le pouvoir en général. Non. S'il faut manipuler pour gouverner, alors j'estime que gouverner est ignoble !

APPOLON

Que serait un monde sans gouvernant ?

HERMÈS

Un monde de liberté. Un monde où chacun se gouverne seul. Un monde de conte de fée. Imaginez ! Vous lever chaque matin, votre destin tout entier entre vos mains, prêt à prendre la barre du navire de vos jours. Seul contre vous-même. Seul contre la houle. Indépendant de toutes influences extérieures. Libre simplement. A l'infini et sans peur.

ARTÉMIS, *pour elle-même.*

Si seulement cela était possible.

APPOLON

Pour ma part, je préfère les chaînes du contact humain, aux ailes de la triste solitude éternelle.

HERMÈS

Mais votre regard est biaisé. Vous êtes pervertis par l'exercice de la tyrannie qui revient aux puissants. Et votre avarice naturelle prévaut sur votre réflexion.

APPOLON

Mon… Mais… Enfin, je suppose que ce n'est qu'une question de point de vu…

Sinôn et le Capitaine entrent furtivement. Ils assomment la garde puis Appolon, enlèvent Artémis et libèrent Hermès. Puisqu'Artémis se débat, ils l'assomment et sortent.

Noir

ACTE III

Scène 1 : *Le palais de Crystal*
_ Reine de Crystal, Sinôn, Hermès

REINE DE CRYSTAL

Et pour cela, bien sûr, vous ne pouviez vous
empêcher de l'assommer.

SINÔN

C'est qu'elle se débattait…

REINE DE CRYSTAL

Naturellement qu'elle se débattait ! Je vous ai
envoyé l'enlever. Devais-je préciser que je la
voulais en bonne santé ?

SINÔN

Pour notre défense, majesté, votre nièce,
Artémis, est une véritable teigne.

REINE DE CRYSTAL

Comme vous l'avez vous-même précisé, il
s'agit de ma nièce. Je vous serai donc gré de la

traiter, dès lors, comme un membre de la famille royale.

SINÔN

Sauf votre respect, ma reine, ne devrions-nous pas, d'abord, nous assurer de sa dévotion à notre cause, avant d'en faire une personnalité nationale ?

REINE DE CRYSTAL

En temps normal, j'aurais été de votre avis, Sinôn, et je vais nécessairement prendre quelques précautions. Mais le peuple a besoin d'un espoir. Un espoir qu'Artémis peut incarner. Cependant il nous la faudra irréprochable et naturelle en même temps.

SINÔN

Le naturel est la plus complexe des apparences. Saura-t-elle seulement la feindre ?

REINE DE CRYSTAL

Qui vous parle de feindre ? Tachez avant tout de la persuader. Montrez-lui nos villages et nos vallées, qu'elle se rallie d'elle-même à nous. Allez-y. *(Sinôn sort.)* Et bien, cher messager, je vois que le destin vous a extrait des geôles de mon ennemi.

HERMÈS

Plutôt que le destin, j'en remercie votre majesté qui, dans son auguste bonté, a profité des hasards du sort pour me libérer des entraves de ma malchance.

REINE DE CRYSTAL

Il est vrai. A présent, rejoins ta supérieure. Artémis sera peut-être réceptive à ta présence puisqu'elle t'a vue en Osmium. *(Hermès sort, la reine soupire)* Bien… Tout semble étrangement s'arranger. Ma... nièce sera bientôt convertie à notre cause et on me fait dire que notre nouvelle arme a fonctionné au-delà de toute espérance. *(rassemble ses esprits)* A présent, mon but a changé. Plutôt que de me défendre, je dois attaquer, et expédier l'Osmium dans un cercueil de cristal. Alors je serai la reine, l'absolue souveraine du continent entier...

Scène 2 : *Le palais de Crystal _ Hermès, Artémis*

HERMÈS

Dame Artémis ? Éveillez-vous, Altesse. *(elle se redresse brusquement, sur ses gardes)* Allons, détendez-vous, je ne vous veux aucun mal. Vous ne craignez rien ici.

ARTÉMIS

Que s'est-il passé ? Où est mon frère ?

HERMÈS

En sécurité sur les terres de son père.

ARTÉMIS

Et où suis-je, moi ?

HERMÈS

En sécurité sur les terres de votre mère. Pourquoi ce regard suspicieux ? L'ignoriez-vous donc ?

ARTÉMIS

Quoi ? Que dois-je savoir ?

HERMÈS

Et bien, que cette noble Scylla, votre mère, était la sœur de sa majesté la reine de Crystal. Oh, naturellement, le tyran lui-même l'ignorait, ce qui a permis à la princesse de rester en vie si longtemps. Vous voilà donc une enfant de notre patrie, notre belle et pure patrie. Voyez-vous Artémis ? Tout est calme ici. Le ciel au doux cristal d'éther illumine les grandes plaines d'émeraude claire. Nos villages vivent de-ci de-là, dans l'atmosphère pétillante d'un soir de réveillon, et la fumée de nos cheminées s'élève d'un air joyeux dans l'immensité des cieux. Regardez les oiseaux prendre leurs essors. N'ont-ils pas la majesté des cygnes, à fondre de nuages en orages, maîtres des airs, contemplant en contrebas le manège des êtres terrestres. Alors, noble Artémis, nos terres ne vous semblent-elles pas plus belles que celle d'Osmium ? N'y est-il pas plus doux de vivre ?

ARTÉMIS

Peut-être bien…

Noir

Scène 3 : *Le palais d'Osmium*
_ *Conseiller, Garde Charybde, Appolon*

Charybde est au chevet d'Appolon inconscient dans un coin de la scène.

CONSEILLER

Incapable ! Le Roi vous avait confié UNE mission : protéger l'héritier, et vous avez pitoyablement échoué. Comment expliquez-vous cela ? Comment ce fait-il qu'ils aient pu seulement s'introduire dans le palais ? Voulez-vous que l'on dise sur tout le continent que la garde d'Osmium protège son Roi avec l'ardeur d'un lamantin ? C'est inadmissible ! Vous faites honte à votre fonction !

GARDE

Monsieur, permettez que je m'exprime…

CONSEILLER

Non ! Vous parlerez quand je l'aurai décidé. Quel impertinence ! En plus de ne pas savoir garder une porte, fallait-il que vous soyez indisciplinée ?

GARDE

Monsieur j'étais affectée à la surveillance des cachots, pas de…

CONSEILLER

Taisez-vous ! Je ne veux rien entendre ! Vous avez échoué. Et lamentablement avec ça. N'essayez pas de rejeter la faute sur vos collègues. Oh, je ne vous laisserais pas vous en tirer ainsi ! Croyez-moi, vous subirez les conséquences de vos actes. Réalisez-vous que, par votre faute, son altesse Appolon est souffrant ?

CHARYBDE

Oh ! Mon pauvre fils ! Je t'en prie, par les suppliques de mon inconsolable cœur, ne m'abandonne pas ! Accroche-toi aux lambeaux de vie qui subsistent dans ton corps. Ne laisse pas ta triste mère seule, au pouvoir de ce puissant royaume !

GARDE, *s'approchant.*

Ma reine, je viens vous présenter mes excuses et m'en remets à votre jugement.

CHARYBDE

Vous ! Comment osez-vous ? Vous, la

coupable de mes larmes ! Par votre faute, mon fils souffre d'un mal terrible ! Rappelez-moi conseiller, au juste, de quoi il s'agit ? Traumatisme crânien ? Hémorragie ? Coma ?!

CONSEILLER

Pire que cela, majesté, un odieux étourdissement, si poignant, si douloureux que le pauvre héritier en a perdu connaissance.

CHARYBDE

Pauvre ?

CONSEILLER

Le <u>valeureux</u> héritier en a perdu connaissance. Il halète, regardez-le. Il n'est pas très loin des convulsions.

CHARYBDE, *fusillant toujours la garde du regard.*

Et sauriez-vous nous rappeler, monsieur le conseiller royal, POURQUOI mon fils est dans ce terrible état ?

CONSEILLER

Parce qu'une garde fainéante a laissé entrer des intrus dans le palais.

CHARYBDE

Aussi, n'aurai-je aucune pitié. Tremblez ! La tempête de ma rage et de ma peine s'apprête à vous piétiner pour ne laisser que des lambeaux ensanglantés et sanglotants ! Hors de ma vue !

GARDE, *dans une révérence contrite.*

…

CHARYBDE

J'ai dit : DEHORS ! (*La Garde sort*)

APPOLON, *s'éveillant.*

Mère… Je t'en prie ne crie plus.

CHARYBDE

Appolon ! Oh, mon fils, te voilà revenu à toi. Quel bonheur et quelle joie ! Non. Doucement, ne te relève pas si vite, tu as reçu un terrible coup sur la tête.

APPOLON

Pourquoi criais-tu ainsi sur cette pauvre garde ? Aïe… Que s'est-il passé ?

CHARYBDE

Ah, les dieux en soient témoins, tout cela est la faute de…

APPOLON, *la coupe.*

Artémis ! *(il la cherche du regard)*

CHARYBDE

Et bien… Ma foi, elle aussi.

APPOLON

Où est Artémis ? Où est ma sœur ?

CHARYBDE

Calme-toi mon enfant, cette fille ne mérite pas
que tu aggraves ton mal en t'agitant ainsi.

APPOLON, *soupirant.*

Mon mal… comme tu y vas ! Et cette « fille »,
vaut bien toutes les peines du monde
puisqu'elle est ma sœur. Entends-tu ? Ma
sœur : le témoin de mon enfance, la source de
mes fous-rires, la camarade de mes jeux et la
confidente de mes nuits les plus sombres !
Alors dis-moi plutôt où elle est.

CONSEILLER

Ils l'ont enlevée.

APPOLON

Non… Artémis ! Ma sœur !

CHARYBDE

Appolon…

APPOLON

Non ! Tais-toi ! Je ne veux rien entendre. Je sais bien que vous ne l'avez jamais aimé. Vous la méprisiez à cause de la condition de sa mère. Pourquoi ? Artémis n'est pas sa mère, comme je ne suis pas la mienne. Et nous ne sommes ni l'un ni l'autre notre père. Non ! Vous avez été injustes envers elle, et sa disparition vous réjouis. Vous me dégoûtez !

CHARYBDE

Comment peux-tu me dire ça, à moi ? J'ai pourtant été plus que charitable avec elle. Je l'ai élevée, je l'ai accueillie à ma table, elle, la bâtarde de mon mari.

APPOLON

Elle, ma sœur. Les liens du cœur prévalent sur ceux du sang. Il ne tenait qu'à toi de l'aimer !

CHARYBDE

Comment t'ai-je élevé pour que tu accables ainsi une veuve endeuillée.

APPOLON

Une veuve ? Mère, que s'est-il passé ?

CONSEILLER

Un terrible malheur. Le roi est décédé sur
champs de bataille.

APPOLON

Oh… Non ! Mon père… Ma sœur… Pourquoi
tout le monde m'abandonne-t-il ?

CONSEILLER

Majesté… Je suis désolée de vous déranger
dans ce qui semble être de douloureuses
révélations, mais il nous faut régler quelques
détails relatifs à votre couronnement.

APPOLON

Mon…

CONSEILLER

...Couronnement. Votre défunt père étant dans
l'incapacité de remplir ses fonctions, et
puisque nous sommes en guerre, il nous faut
un nouveau monarque au plus vite. Ce sera un
peu court, mais j'avais pensé à la semaine
prochaine. J'espère seulement que ma
tuberculose sera…

APPOLON

Ma tête me vrille, presque autant que mon cœur. Pourrait-on reprendre cette discussion dans quelques heures ?

CHARYBDE

Oui, bien sûr, tu dois te reposer. Suivez-moi, conseiller.

Ils sortent. Appolon pousse un profond soupire de désespoir.

Noir

Scène 4 : *Le palais d'Osmium _ Une semaine plus tard _ Appolon, Charybde, Conseiller, Garde*

APPOLON

En tant que roi, je te gracie pour tes… enfin, je te gracie.

GARDE

Je vous remercie Les messagers vous font dire

que nos troupes reculent et celles des terres de Crystal entreront bientôt sur notre territoire.

APPOLON

Je vois. Cette guerre ne me plaît pas. Je lui préférais la paix que nous conservions autrefois. Mais qu'à cela ne tienne. Je marcherai sur les terres de Crystal, et s'ils ont touché à un seul des cheveux de ma sœur, je les…

CHARYBDE, *entre et se jette au pied d'Appolon.*

Appolon, mon fils, mon roi, par pitié, n'y vas pas ! Rien en t'y oblige. Tu viens seulement d'être couronné, et c'est tellement dangereux !

APPOLON

Épargne ta salive, mère, je suis résolu.

CHARYBDE

Alors en tant que mère, je m'y oppose !

APPOLON

Et en tant que roi, je n'en ai cure ! Artémis a été enlevée. Alors que ce soit, fou, dangereux, indigne, insensé, ou que sais-je encore, j'irai !

(usant inconsciemment de son don)
Maintenant laisse-moi !

CHARYBDE, *d'un air vide tel un automate.*

J'exécuterai vos ordres. Vive le roi.

Appolon a un mouvement de recul, horrifié, et sort précipitamment.

CHARYBDE

Oh, malheur ! Pourquoi ma fortune s'enfuit-elle ? J'ai perdu mon époux, le pouvoir, et me voilà rejetée par mon fils bien-aimé. Qu'ai-je donc fait pour mériter cela ? Pourquoi ne peut-il pas m'écouter, pour une fois ?

CONSEILLER

Ah, dame Charybde, vous découvrez là les joies de mon office. Il est vrai qu'aussi bons, justes et à-propos que soient nos conseils, il est rare que les souverains y prêtent véritablement attention.

CHARYBDE

Mais je suis sa mère !

CONSEILLER

Et il est le roi. Quelle douleur n'est-ce pas, d'avoir goûté au pouvoir et de se le voir retirer ?

CHARYBDE

Vous connaissez donc cet émoi ?

CONSEILLER, *d'un air supérieur.*

Non. Si j'avais acquis le pouvoir, je vous assure que jamais je ne l'aurais laissé filer. Ma condition est égale à ce qu'elle a toujours été. Ma douleur est bien plus poignante que votre petite désillusion. Elle est faite de grincements, de morsures de l'âge, de scissions…

CHARYBDE

Vous savez, il y a au moins une bonne chose à ne plus être la reine. Je peux enfin vous dire à quel point je me fiche de vos petits soucis de santé imaginaires ! *(Elle sort)*

CONSEILLER

Petits ? Imaginaires ? Nous verrons lorsqu'elle aura mon âge ! Imbécile va ! Non mais je vous jure… *(il part en grognant)*

Noir

Scène 5 : *Le palais de Crystal*
_ *Artémis, Reine de Crystal, Hermès*

ARTÉMIS

Ce serait un honneur, pour moi, de vous servir, ma reine.

REINE DE CRYSTAL

Qu'il en soit donc ainsi. Je te donne le commandement d'une division de mon armée.

ARTÉMIS

Si votre honneur l'accepte, j'aimerais prendre Hermès, que voici, comme second.

REINE DE CRYSTAL

Es-tu sûre de ton choix ?

ARTÉMIS

Oui, majesté.

REINE DE CRYSTAL

Très bien, je te donne mon aval. Ne tarde pas à rejoindre tes troupes. Je m'en vais régler d'autres affaires. Bonne chance Artémis.

ARTÉMIS

N'ayez crainte, il ne m'arrivera rien. (*La Reine de Crystal sort*)

HERMÈS

Je remercie votre Altesse pour l'attention qu'elle me porte.

ARTÉMIS

Je t'en prie Hermès, pas de cela entre nous. Tu sais bien que j'exècre tous ces minaudages de cour. Et puis, je te devais bien cela. Tu m'as montrée les beautés de ce pays, et même si ça n'a pas eu l'effet que tu escomptais, cela m'a beaucoup apportée.

HERMÈS

N'y a-t-il vraiment pas moyen de vous raisonner, Altesse ?

ARTÉMIS

Non, pas le moindre, je suis résolue. J'ai passé trop de temps à m'adapter aux caprices du destin. Il est temps que je vive, enfin, pour moi-même. Ni Osmium ni Crystal ne sont parfait. Partout le pouvoir et l'avarice transforment les dirigeants en leurs cruelles marionnettes. Je refuse de faire partie de tout cela. Et si je puis convaincre mon frère, je m'envolerai, avec lui, l'esprit libre vers les contrées désertes où nous pourrons vivre en paix avec nous-même. Tu avais raison, Hermès. L'autarcie est la seule issue.

HERMÈS

Ai-je jamais dis cela ?

ARTÉMIS

Oui. Ou du moins, c'en était le sens. Mais comme cela parait lointain. Suis-moi, nos troupes nous attendent.

ACTE IV

Scène 1 : *Champs de bataille*
_ Appolon, Artémis, Conseiller, Garde, Hermès, Sinôn

Les troupes se tiennent face à face. Sinôn se fraye un chemin dans l'ombre et surgit sur le Conseiller qu'elle menace de sa dague, avant de reculer lentement avec lui vers son camp.

APPOLON

Mais que… Relâchez-le, immédiatement, ou vous périrez par le fil de mon épée !

SINÔN

Oh, j'ai peur. Un avorton me menace.

CONSEILLER

Faites attention, voyons ! Vous allez me faire un torticolis.

SINÔN

Tais-toi, ou je peux t'assurer que ce sera le cadet de tes soucis !

APPOLON

Ah, traîtres ! Regardez-vous, regardez votre victime. Vous n'êtes que des fugitifs accompagnés d'un bagnard *(montre Hermès).*

SINÔN

Aussi fugitifs que nous soyons, nous vous avons tout de même échappé. Et ce, sans grandes difficultés, d'ailleurs.

CONSEILLER

C'est bien beau que ceux qui se battent au nom de la liberté se vantent de leur propre illégalité ! Dura lex sed lex… *(Sinôn raffermit sa prise)* Ne serez pas si fort ! Mon infection pulmo…

SINÔN

Boucle-la !

ARTÉMIS *(dissimulée)*

Surtout si c'est pour dire des choses aussi inintéressantes ! L'argument d'autorité,

vraiment ? Allons, êtes-vous aussi vide que
l'est votre crâne ?

CONSEILLER

Je ne vous permet pas. Pourquoi dites-vous
ça ? Est-ce mon abcès ? Ma leucémie ? Ou…

APPOLON, *le coupe.*

Pitié pas ça ! Trêve de plaisanteries.

SINÔN

Dans ce cas, pars. Ta présence est une vaste
blague.

HERMÈS

Et puisque vous avez demandé une trêve, nous
en profiterons pour vous concocter un
sympathique traité de paix.

SINÔN

Qui fera disparaître votre petit royaume de la
carte.

APPOLON

Rendez-moi ma sœur ! Rendez-la moi !

SINÔN, *amusé.*

Et bien ! C'est donc pour cela que tu es venu.
Ça me ferait presque de la peine

ARTÉMIS, *se révèle.*

Cesse de parler de moi comme d'un objet,
mon frère.

APPOLON

Artémis ? Tu es ici ? Tu vas bien ? Si tu savais
à quel point j'étais inquiet ! Mais… Pourquoi
es-tu vêtue ainsi ?

HERMÈS

Je vous présente le colonel Artémis,
commandante du bataillon des chasseresses.

SINÔN

Mais tu perds tes couleurs, petit roi.

APPOLON

Pourquoi, ma sœur ? *(elle hausse les épaules)*
Rentre avec moi ! Je ferai ce que tu voudras
mais ne me laisse pas !

ARTÉMIS

Je ne retournerai pas en Osmium. Regarde-toi.
Crois-tu pouvoir me tromper avec ta bouille de
chien battu ? N'avance pas ou je serais forcée
d'ordonner à mon bataillon <u>bien contrôlé</u> de
t'abattre.

APPOLON

Que t'arrive-t-il ? Je ne te reconnais plus. Aurais-tu accepté le pouvoir de notre père ? Non, je ne peux pas le croire. Vous allez me le payer ! A l'attaque !

Les deux camps se jettent l'un sur l'autre. Tandis qu'ils combattent, Artémis attire son frère à l'écart. La mêlée s'éloigne peu à peu.

ARTÉMIS

Hé ! Du calme, ce n'est que moi.

APPOLON

Artémis… Tu…

ARTÉMIS

Tais-toi avant de dire quelque chose que tu regretterais. Ne me dis pas que tu as cru à ma piètre comédie ? Que ces inconnus se laissent berner, encore… Mais toi, mon frère, qui me connais depuis toujours… Non, tu n'as pas pu être aussi dupe. Allons. Vas-tu me suivre ou préfères-tu l'absurde fièvre des combats ? (*Ils sortent ensemble*)

Scène 2 : *Le champs de bataille (vide) _ Charybde*

CHARYBDE *surgit alors qu'il n'y a plus personne*

Appolon ? Où es-tu ? Mon enfant, je ne trouve pas ça drôle du tout ! *(aperçoit quelque chose et s'en approche à pas de loup)* Où te caches-tu ? Maman va te trouver. Un, deux, tr… Ah ! ah, oh, oh, AH !!! Mais qu'est-ce… Oh, par tous les dieux… UNE LI MACE ! C'est dégoûtant ! Allez Charybde, un petit effort. *(enlevant sa chaussure)* Ce n'est qu'une ignoble bête comme il y en avait tant dans la cellule de Scylla. Si elle a pu le supporter, tu le peux aussi. Un peu de courage. Oh, je ne vais pas y arriver ! Un petit effort. Allez… *(Elle abat sa chaussure sur la limace)* Ah, ah, ah, oh ! C'est… c'est bon… j'ai réussi. *(regarde sa chaussure)* Eurk ! *(elle la jette)* Quelle aventure ! Appolon ? Mon fils ? *(se cogne le pied)* Aïe ! Ouille ! Aïe ! UN CA ILLOU !

Scène 3 : *Une vallée _ Appolon, Artémis, L'Idylle*

APPOLON

Tout ce que tu me dis là est-il possible ?

ARTÉMIS

Parfaitement. Hermès a bien essayé de me rallier à leurs idées. En vain. Et il ne s'est pas laissé duper si facilement que toi.

APPOLON

Alors cet homme savais que tu jouais la comédie, et que tu comptais t'enfuir ?

ARTÉMIS

Oui.

APPOLON

Pourquoi t'avoir laissé faire ?

ARTÉMIS

C'est un anarchique, tu l'as entendu, comme moi, dans les geôles de notre père. Et quelle que soit sa fidélité à sa reine, elle n'égale pas son désir de liberté. Je crois qu'au fond de lui, il comprend mon entreprise, et l'envie presque. *(L'Idylle entre, dansante)* Mais qu'est-ce ?

APPOLON

Où ça ?

ARTÉMIS

Là, regarde. Une forme floue, pâle et féerique.

APPOLON

Et pourtant cela semble drapé de toutes les couleurs de la vie !

ARTÉMIS

Sens-tu cette mélodie intérieure et sauvage ?

APPOLON

Telle une raison primitive qui éclot dans son sillage.

ARTÉMIS

Je perçois tous les arbres, toutes les fleurs, tous les brins d'herbe m'appeler…

APPOLON

Les fourmis, les cerfs, les éperviers !

IDYLLE

Bonjours, mes enfants. Soyez les bienvenus.

ARTÉMIS

Bonjour doux esprit. D'où nous venez-vous ?

IDYLLE

De l'écorce, de la brise, d'un peu partout. Là où la vit[1] s'épanouit, je suis.

ARTÉMIS

Et qui êtes-vous ?

IDYLLE

Ce que je suis depuis toujours.

ARTÉMIS

Mais encore ?

IDYLLE

La réponse à votre question.

APPOLON

Une question ? Laquelle ?

IDYLLE

Celle que vous vous posez sans même y prêter attention. Celle qui occupe les philosophes

---

1   Erreur volontaire destinée à exprimer tout le dynamisme de la vie et le fait qu'elle est substantiellement une action…

depuis la nuit des civilisation. La question informulée du pouvoir. De comment l'exercer et de sa moralité. La question sans réponse.

ARTÉMIS

Comment ? Vous disiez pourtant avoir cette réponse.

IDYLLE

J'ai la vôtre. Car cette question est du genre de celles que la philosophie rompt. Elle n'a aucune réponse absolue, mais de multiples, toutes véridiques et distinctes. Une par être qui peuple cette terre. Une qui varie le long de l'onde du temps.

ARTÉMIS

Impossible ! Il doit bien y en avoir une idéale. L'ultime issue à tous nos ennuis et à toutes nos questions.

IDYLLE

Le plus ultime qui soit en ce monde est la mort. Elle ne répond à rien. Plus ultime que la mort, c'est l'oubli, la non-existence, l'annihilation.

APPOLON

Pouvez-vous nous parler de nos réponses ?

IDYLLE

Certes non. Cela fausserait toute l'histoire de votre quête. Car chaque être qui vit, parcourt les terres arides du quotidien à la recherche du plus beau des trésors : son identité, ses convictions. Mais comme tout cela se moue au rythme de vos jours, c'est une quête perpétuelle, et c'est ce qui rend vos vies belles.

APPOLON

Tous cela est si profond que je ne comprends rien.

IDYLLE

La compréhension n'est que question de perception. Je suis l'idylle d'une nuit d'été, sous la pâle lumière du clair de lune. Ma présence est donc propre à brouiller vos sens, et il est rare qu'on me comprenne. Ainsi je ne puis transmettre ma science qu'à la sève. Et les êtres de chairs à qui je fais don d'un bout de vérité, se refusent à l'assimiler et m'oublient sciemment. Vous cherchez tous des réponses, mais êtes peu enclins à consentir au sacrifice du savoir.

ARTÉMIS

Dites-nous, sage esprit, puisque nos réponses nous sont inaccessibles, qu'elle est la vôtre ?

IDYLLE

Je n'en ai pas, puisque je ne me pose pas la question du pouvoir. En revanche je puis vous transmettre mes observations.

APPOLON

Faites, je vous en prie.

IDYLLE

Régner trop longtemps vous rendra avare et paranoïaque jusqu'à ne plus régir que votre défense. Régner trop peu ne vous permettra pas d'agir. Régner seul vous fera croire à votre toute-puissance, régner nombreux vous rendra incohérents et véhéments. Pour moi, je suis heureuse, de branche en branche, parlant aux êtres qui ne perçoivent ma voix, qu'à travers le murmure du vent, prodiguant mes conseils, et observant le manège des vies qui s'entrelacent.

Mais cela tient à ma condition. Les vôtres doivent trouver par eux-mêmes la paix qui est la leur. Tel est mon message. Et en voici un second : l'osmium est un métal noir dont le cristal brûle du feu de l'espoir. Ainsi est votre pouvoir. (*Elle disparait*)

Scène 4 : *Une vallée _ Appolon, Artémis*

APPOLON

Ne partez pas ! (*Se tourne vers Artémis*)
Qu'est-ce que cela signifie ? Qu'est-ce que
« le feu de l'espoir » ?

ARTÉMIS

Je crois le savoir.

APPOLON

Je t'en prie, éclaire ma lanterne !

ARTÉMIS

Si l'Osmium dont nous venons peut être
transfiguré, alors peut-être notre pouvoir peut-
il devenir bon.

APPOLON

Tout ne serait qu'une question d'usage ? Mais y a-t-il un usage qui justifie la manipulation ?

ARTÉMIS

Sûrement que non… Mais peut-être y a-t-il une face cachée à notre don. Une que nos ancêtres n'auraient pas développé, faute d'intérêt. Une, qui serait honnête, et dont nous n'aurions pas à rougir ! Un peu semblable à l'espoir et au feu que l'on doit entretenir si nous ne voulons pas qu'il s'éteigne. Ou à cet éclat bleu que peut prendre l'Osmium à condition qu'on en fasse un cristal.

APPOLON

Je l'espère. Et que dire du reste ? Tout ce que cet esprit a dit sur le pouvoir ?

ARTÉMIS

Je n'en sais rien. Mais il semblerait que notre repli doivent être différé. Je me sentirais bien lâche de fuir après ce que nous avons entendu.

APPOLON

Pourtant, comme il serait simple de fuir.

ARTÉMIS

Il est vrai. Cependant, chacun a le devoir de se battre pour ce qu'il juge bon. Et nous, à plus forte raison, dû à notre don.

APPOLON

La tâche est si colossale… Je ne sais par où commencer.

ARTÉMIS

Moi non plus.

APPOLON

Que pouvons-nous faire alors ?

ARTÉMIS

Rien. A nous deux, nous ne pouvons rien. Et d'ailleurs, rien ne prouve que nous arriverons un jour à quelque chose. Mais si nous nous y mettons tous, Osmium et Crystal ensemble, nous aurons une chance de faire changer les choses !

Scène 5 :

Apparaissent comme dans un rêve :

Sinôn traînant le Conseiller en compagnie de la Garde qui porte un foulard aux couleurs des terres de Crystal.

SINÔN

Je suis parfaitement d'accord. La condition féminine est bien malmenée par les forces armées.

GARDE

Oui ! Je ne compte ni mes heures, ni mes efforts, pourtant on me confie toujours les missions dont personne ne veut. Et ils semblent pourtant toujours croire me faire plaisir. Comme si je rêvais de surveiller des portes et des cachots à longueur d'années !

SINÔN

Ces stupides préjugés les font croire qu'une femme n'apprécie que le calme. C'est absurde ! Pour ma part je ne cesse de m'ennuyer que lorsque le combat éclate. Et

même élevée dans la hiérarchie, je ne peux
résister à l'appel du terrain !

GARDE

Vous prêchez une convertie !

CONSEILLER, *tombant.*

Attention ! Vous allez me déboîter l'épaule !
Déjà que je souffrais le martyr à cause de ma
salmonellose ! Il n'y aura pas de rat là où vous
comptez m'enfermer ? Parce que j'ai une
prédisposition à attraper la peste. Et pour la
nourriture ? Est-elle adaptée aux dentiers ?
Combien avez-vous de cas annuels de gastro-
entérite ? *(Sinôn rit)* Quoi ? Cessez de vous
moquer, et coupez-moi comme tout le monde !

SINÔN

Au contraire. Continuez ! A vous entendre
dramatiser vos soucis de santé, j'oublie mes
problèmes. Il n'y a véritablement rien de tel
pour se vider la tête. N'ayez crainte, je vais
m'arranger pour vous trouver un espace stérile
comme prison. Et vous me raconterez vos
malheurs.

La Reine de Crystal, suivie de sa prisonnière, Charybde

REINE DE CRYSTAL

Vous avez échoué, reine Charybde. Vos armées ont ployé sous les miennes. Je suis à présent souveraine du continent entier, et vous êtes ma prisonnière. Je serai sans pitié avec vous, comme les vôtres le furent avec ma sœur Scylla. Pourquoi souriez-vous ?

CHARYBDE

Scylla était votre sœur ? Je crois que je l'aimais bien. J'admirai sa force. Et j'ai depuis peu eu l'occasion d'observer sa clairvoyance. Je dois avouer qu'elle me manque.

REINE DE CRYSTAL

Pas plus qu'à moi.

CHARYBDE

Peut-être bien ? Si j'avais su…

REINE DE CRYSTAL

Et moi donc…

Hermès débarque à la recherche de l'Idylle.

HERMÈS

Instruisez-moi, je vous en prie.

IDYLLE

Tu n'es qu'un humain. *(le jauge)* Impossible,
ce serait trop t'en demander.

HERMÈS

Mais puisque c'est moi qui vous le demande,
qui vous supplie. Après toute ces années
passées à chercher l'affection, la
reconnaissance, à me faire plaindre sans
raison, je trouve enfin le sens de mon
existence, le but de ma vie dans l'esprit
d'autarcie. Ne me refusez pas cette voie, cette
joie durement découverte !

IDYLLE

Ne regretteras-tu pas la vie d'homme, pleine
de conquêtes, dont le fil s'écoule dans un
fleuve de niaiseries ?

HERMÈS

Je n'aspire qu'à la véritable existence, à fuir les tumultes de ma vie, pour me reposer dans la calme contemplation de celles des autres.

IDYLLE

Dans ce cas, je te laisse libre de me suivre.

APPOLON

On a du pain sur la planche…

ARTÉMIS

C'est toujours le cas.

Elle lui tend la main et ils rejoignent tous deux la civilisation.

Fin

Rendez-vous sur le site :
leslydw.myartsonline.com

Il était une fois… projet LRO

J'avais déjà adopté la Sainte Trinité des vacances : soleil, chaise longue et mots croisés. J'étais à bien des lieues de m'imaginer qu'une boule de nerf appelée Lesly De Wit, à peine revenue d'une camp organisé avec notre troupe *Astrabald Théâtre*, en guise de salutation m'adresserait « J'ai écrit une pièce. On va la jouer ensemble avec la troupe et toi, sœurette ». J'ai répondu « D'accord… Bonjour ! » et on s'est lancées.

Pendant toutes les vacances d'été j'ai relu sa pièce, lui décrivant mes sensations, mes incompréhensions. A ce moment là, j'étais loin d'imaginer que ce projet irait aussi loin ; du haut de mes 14 ans, je ne voyais que les problématiques insurmontables auxquelles nous allions nous heurter.

Les premières furent les désistements : après un mois de répétition notre rôle principal était vaquant. Beaucoup sont partis et d'autres les ont remplacés. Le texte était sans cesse remanié jusqu'à la quasi suppression d'un des personnage.

Faire coïncider les emplois du temps, trouver des créneaux de disponibilité communs à toutes devenait mission impossible. La motivation faiblissait chez certaines comédiennes.

Nous ne répétions pas dans les meilleures conditions : nos grands-parents nous laissaient utiliser leur salon une fois par semaine. S'ils n'avaient pas été là, nous n'aurions jamais pu aller aussi loin dans cette folle expédition.

Notre budget était assez serré ; notre grand-mère a cousu presque tous les costumes et notre grand-père nous a aidé pour les décors (la plupart en carton, il est vrai).

Mais malgré les périodes creuses, Lesly a toujours réussi à nous faire avancer et à remotiver les troupes (ou LA troupe en l'occurrence). Et quand c'était elle qui perdait le contrôle, notre mère, Elise De Wit, s'improvisait psychologue et Louisa Grazy, Elise Guéry et moi, conseillères particulières.

La pièce que vous venez de lire a été écrite du 9 au 21 juillet 2024 par une adolescente de 16 ans, corrigée par sa sœur de 14 ans. Elles ont décidé de monter cette pièce avec leur amies ; une troupe s'est formée : huit adolescentes âgées de 14 à 18 ans. La première répétition eut lieu le 2 novembre 2024. La première représentation aura lieu le 12 octobre 2025.

Aujourd'hui encore je ne comprends pas comment nous en sommes arrivées là mais c'est bien la preuve qu'avec beaucoup de volonté et de soutien, on peut tout réussir.

Lyne De Wit :)

Remerciements

Cette histoire est un rêve réalisé. Un rêve que j'osais à peine imaginer, et dans lequel, paradoxalement, j'ai toujours cru. Mais jamais, ni la représentation, ni cette publication, n'auraient pu voir le jour sans une multitude d'aides précieuses et de soutiens.

Celle, avant tout, de ma sœur, relectrice hors pair qui me porte où que ma plume se tourne.

Celle de ma tante Valéry Baudry pour sa corrections orthographiques.

Celle d'amies phénoménales, d'un groupe, d'une *troupe :* Louisa, Elise, Lyne, Orlane, Garance, Lucie, Tess et Molly Rose. Merci d'avoir tenter l'aventure de ce spectacle. Merci infiniment pour tous les moments partagés, malgré la complexité de l'organisation.

Celle de Tess et de sa famille, qui ont composé les musiques du spectacles.

Celle de Matthieu Cessac, professeur de théâtre de génie, pour tous ses cours qui nous nourrissent, son soutiens, et la régie.

Celle de Nolwenn Bonadé Dottor pour ses conseils de mise en scène et de maquillage.

Celle de mes grand-parents : Yves et Marie-Claude De Wit qui nous ont accueillis lors des répétitions. À Mamie Claude et à ses incroyables talents de couturière. À Papy Yves et son don pour faire tenir et advenir décors et accessoires.

Celle de ma mère, Élise De Wit pour son indispensable soutien morale et le covoiturage.

Celle de Lucien Viteau pour la création du site : leslydw.myartsonline.com et pour son soutient

Celle de tous mes amis, de la lumière de ma vie, de ma famille, de mon monde dont le soutiens me conforte dans mes douces folies littéraires. Ma confiance est le reflet de la votre…

Sans oublier la plateforme d'auto-édition BoD.

À vous tous, aux spectateurs, aux lecteurs et à tous ceux qui ont subit mon hystérie théâtrale, merci d'avoir cru en moi, en nous, aux *Rois d'Osmium*.